AF363716

7 Mai 1883.

V

VENTE

Des Lundi 7 et Mardi 8 Mai 1883, à 2 heures

HOTEL DROUOT, SALLE N° 8

PAR SUITE DE DÉPART

COLLECTION DE M. ***

OBJETS D'ART

DE CURIOSITÉ

ET

D'AMEUBLEMENT

EXPOSITION PUBLIQUE

Le Dimanche 6 Mai 1883

COMMISSAIRE-PRISEUR	EXPERT
Mᵉ **Maurice DELESTRE**	M. **Charles MANNHEIM**
27, rue Drouot, 27.	7, rue Saint-Georges, 7.

HONOR
AD VII
IN VT
LAVRE
IMPRIMERIE DEL ART

CATALOGUE

DES

OBJETS D'ART

ET DE CURIOSITÉ

Faïences de Nevers, de Rouen, de Moustiers et de Delft
Porcelaines de Sèvres, de Saxe, de Saint-Cloud, de Chantilly
de Tournay et autres
Sculptures. — Jolie statuette, attribuée à Falconnet
Bronzes d'ameublement — Pendules Louis XVI
Meubles Louis XV et Louis XVI — Objets divers — Gravures
Livres

COMPOSANT

LA COLLECTION DE M. ***

ET DONT LA VENTE AURA LIEU

PAR SUITE DE DÉPART

HOTEL DROUOT, SALLE N° 8

Les Lundi 7 et Mardi 8 Mai 1883, à 2 heures

COMMISSAIRE-PRISEUR	EXPERT
Mᵉ MAURICE DELESTRE	M. CH. MANNHEIM
27, rue Drouot, 27	7, rue Saint-Georges, 7

Chez lesquels se trouve le catalogue.

EXPOSITION PUBLIQUE : le Dimanche 6 Mai 1883
De une heure à cinq heures.

CONDITIONS DE LA VENTE

La vente aura lieu expressément au comptant.

Les acquéreurs payeront en sus des enchères *cinq pour cent* applicables aux frais.

L'exposition mettant le public à même de se rendre compte de l'état des objets, aucune réclamation ne sera admise une fois l'adjudication prononcée.

N.-B. — Les livres composant la bibliothèque de M. *** seront exposés en même temps que les objets d'art, le dimanche 6 mai, et seront vendus le mercredi 9 mai.

Paris. — Imprimerie de l'Art, J. Rouam, imprimeur-éditeur, 41, rue de la Victoire.

DÉSIGNATION DES OBJETS

FAIENCES DE NEVERS

1 — Deux jardinières de forme carrée, à deux anses
à torsades, en ancienne faïence de Nevers,
fond gros bleu, décorées d'oiseaux et de
fleurs en camaïeu blanc et jaune.

2 — Vase ovoïde sur piédouche, avec anse et goulot
en ancienne faïence de Nevers à décor bleu
dans le goût chinois.

3 — Jardinière oblongue à contours et à deux anses
têtes de femmes, en ancienne faïence de
Nevers à décor bleu de style chinois.

4 — Bouteille à panse sphérique côtelée et à long col
à bourrelet, en ancienne faïence de Nevers,
décor bleu et manganèse de style chinois.

5 — Grand plat rond, en ancienne faïence de Nevers à décor bleu. Au centre, un vase de fleurs dans un cercle d'ornements. Au marli, quatre réserves de fleurs sur fond d'arabesques.

6 — Plat rond en ancienne faïence de Nevers, décor bleu à sujet de figures chinoises au fond, avec fleurs et arabesques au marli.

FAIENCES DE ROUEN

7 — Écritoire de forme oblongue, en ancienne faïence de Rouen, décor en bleu et rouge à lambrequins alternés de guirlandes de fleurs.

8 — Pichet en ancienne faïence de Rouen, décor bleu à feuillages et divers motifs d'ornements.

9 — Bannette oblongue à bord contourné et à deux anses, en ancienne faïence de Rouen, décor bleu à corbeille au centre et bordure quadrillée à guirlandes de fleurs.

10 — Deux assiettes en vieux Rouen à décor bleu; au marli, ornements et lambrequins; au centre, une armoirie.

11 à 13 — Sept pièces en faïence de Rouen, à décor polychrome dit à la corne : deux plats

oblongs à contours, un petit plat rond, deux
assiettes, un petit saladier carré à angles
rentrants.

14 — Deux jardinières demi-rondes à côtes, de même
faïence et de même décor.

15 — Deux plateaux à bord festonné en faïence de
Rouen, décor polychrome à bouquet d'œillets.

16 — Deux plats ronds à contours, en vieux Rouen
polychrome à fleurs, avec chiffre couronné.

17 — Deux plats ronds à contours, en faïence de
Rouen, décor polychrome à arbustes, branches
d'œillets et deux oiseaux.

18 — Deux plats ronds en faïence de Sinceny, l'un à
décor bleu, l'autre à décor polychrome avec
corbeille de fleurs au centre.

19 — Trois assiettes en faïence de Sinceny, décor
polychrome à la bordure et fleurs au centre.

20 — Plat oblong à angles coupés, en faïence de
Rouen, décor bleu à lambrequins au bord et
médaillon central.

21 — Petite mule en faïence de Rouen, décor bleu.

FAIENCES DE DELFT

22 — Potiche à couvercle en ancienne faïence de Delft, décor bleu à sujets chinois et lambrequins d'arabesques.

23 — Vase ovoïde à col renflé, en ancienne faïence de Delft, décor bleu à bande de médaillons et lambrequins de fleurs, arabesques sur la panse.

24 — Onze assiettes en ancienne faïence de Delft, décor polychrome à compartiments de fleurs, paysage au centre.

25 — Deux assiettes en vieux Delft polychrome, décor de style japonais à trois médaillons au bord.

26 — Trois assiettes de deux dessins en vieux Delft, décor bleu de style japonais à compartiments.

FAIENCES DIVERSES

27 — Plat long à angles coupés, en ancienne faïence de Moustiers à décor bleu d'après Berain. Le

fond représente un motif d'ornements avec
statues, figures d'amours et grotesques enca-
drant un médaillon central à sujet mytho-
logique.

28 — Petite assiette en faïence de Castelli.

29 — Deux jardinières carrées, en faïence de Strasbourg, décorées de bouquets de fleurs.

3o — Quatre jardinières de formes variées, un vase
à deux anses et un porte-huilier en faïence
décorée de fleurs.

31 à 40 — Environ soixante-seize assiettes et deux
saladiers en faïence, la plupart avec emblèmes
patriotiques.

41 — Vingt-quatre assiettes, une soupière, un saladier,
un plat et un sucrier en faïence de Strasbourg
à fleurs.

42 — Une soupière en faïence à décor bleu et une
corbeille en faïence blanche.

PORCELAINES DE SÈVRES

43 — Petite tasse droite et sa soucoupe en vieux
Sèvres, pâte tendre, fond gros bleu à médail-

lons de figures d'enfants dans des paysages et rehauts d'or.

44 — Tasse et sa soucoupe en ancienne porcelaine de Sèvres, pâte tendre, décor en camaïeu rose à fleurs.

45 — Petite tasse droite et sa soucoupe en ancienne porcelaine de Sèvres, pâte tendre, décorée d'ornements à œils de perdrix et pointillés de roses, entouré de guirlandes de feuilles de laurier en or.

46 — Tasse droite et sa soucoupe en ancienne porcelaine de Sèvres, pâte tendre, à jetés de roses et médaillons à guirlandes de myosotis sur fond vert pointillé d'or, avec bandes bleues à la bordure.

47 — Petite tasse droite en vieux Sèvres, pâte tendre, décorée d'un oiseau, de quadrillages et de fleurs rehaussés d'or, avec une soucoupe à bouquets de roses et guirlandes de lauriers.

48 — Tasse de forme évasée en porcelaine de Sèvres, pâte tendre, décorée de cornes d'abondances, de rinceaux et d'emblèmes de la Révolution.

49 — Tête à tête en ancienne porcelaine tendre de Sèvres, décor à bande de fleurettes et filets bleus rehaussés d'or.

5o — Théière ovoïde en porcelaine de Sèvres, pâte
   tendre, à bouquets de roses.

5ı — Petit sucrier en vieux Sèvres, pâte tendre, à
   jetés de roses et guirlandes de lauriers.

52 — Petite jardinière carrée en ancienne porcelaine
   tendre de Sèvres, décorée d'amours dans des
   encadrements d'or. Belle qualité.

53 — Deux crémiers, une tasse et une soucoupe en
   porcelaine marbrée et une salière trilobée en
   porcelaine de Sèvres.

54 — Assiette en vieux Sèvres, pâte tendre, à fleurs
   et hachures bleues.

PORCELAINES DIVERSES

55 — Deux petites salières rondes et une oblongue
   en ancienne porcelaine tendre de Saint-
   Cloud, à décor bleu, et un moutardier en
   porcelaine blanche.

56 — Deux seaux à fleurs en ancienne porcelaine
   tendre blanche de Saint-Cloud; ils sont

décorés de godrons, de branchages en relief et de deux anses mascarons.

57 — Deux flambeaux en Wedgwood.

58 — Sucrier en Wedgwood noir à figures d'enfants en relief.

59 — Deux petits médaillons en biscuit, l'un représente le Premier Consul.

60 — Service en ancienne porcelaine de Chantilly, pâte tendre, à décor bleu, composé de trente assiettes, quatre compotiers, un ravier, trois tasses avec soucoupes, un moutardier et un sucrier.

61-66 — Environ soixante-seize pièces de services, plats, assiettes, soupière, sucriers, tasses, théières, beurriers, en porcelaine tendre de Tournay à décors variés en bleu.

67 — Douze assiettes en porcelaine blanche de Sèvres moderne.

68 — Vase sphérique surbaissé en porcelaine à la Reine, à médaillons formés par des guirlandes de roses et de feuillages en couleurs et or, monture en bronze doré à tores de lauriers.

69 — Deux petites potiches en vieux Japon avec
parties réticulées à jour, montures en bronze
doré.

70 — Deux corbeilles avec plateaux en porcelaine
de l'Inde.

71 — Cinq pièces : cafetière en forme de fruit en
porcelaine de Chine, décor bleu, sucrier,
théière en Japon, cafetière et petit plateau
en porcelaine de l'Inde.

72 — Dix assiettes en vieux Japon, décor en bleu,
rouge et or.

PORCELAINES DE SAXE

73 — Petite écuelle à deux anses avec couvercle et
plateau, en ancienne porcelaine de Saxe,
décorée de sujets chinois avec bordures d'ornements dorés.

74 — Écuelle et son plateau en vieux Saxe, fond vert
d'eau à médaillons de fleurs et à deux anses
branchages.

75 — Deux moutardiers sur plateaux en vieux Saxe,
l'un à fond lilas à médaillons, l'autre décoré
de fleurs.

76 — Deux raviers quadrilobés en vieux Saxe à décor
coréen.

77 — Cinq pièces en porcelaine de Saxe : une petite
théière, une soucoupe, un sucrier sans couvercle, un petit sucrier et une soucoupe
octogone.

78 — Soupière à couvercle et son plateau de forme
contournée, en porcelaine de Saxe à fleurs
en relief, avec décor de papillons et d'insectes.

79 — Deux figurines : berger et bergère en porcelaine de Saxe, et deux figurines en porcelaine
d'Allemagne.

80 — Petit vase à couvercle en vieux Saxe, décoré
de fleurs, garni d'une gorge à charnière en
bronze doré.

SCULPTURES

81-82 — Jolie petite statuette de Vénus assise tenant
une colombe, sculpture en marbre blanc

attribuée à Falconnet. Elle est accompagnée d'une base en biscuit de Sèvres, offrant au pourtour divers sujets tirés de l'histoire de Diane exécutés en bas-relief sur fond bleu. (Ce lot pourra être divisé.)

83 — Deux petites figurines de paysans en ivoire sculpté.

84 — Groupe en albâtre : la Vierge portant l'Enfant Jésus.

85 — Groupe en bois : la Vierge portant Jésus.

86 — Petit groupe en ivoire : la Vierge et Jésus.

87 — Figurine de buveur assis, en terre cuite.

88 — Deux médaillons en terre cuite : buste de Franklin et tête d'abbé.

89 — Groupe en terre de Siflé : le Duc de Rosny implorant la clémence d'Henri IV. Socle à guirlandes.

OBJETS VARIÉS

90 — Petit médaillon émaillé sur or du temps de Louis XIV : portrait d'un personnage coiffé

de la perruque à rallonges, avec chiffres
enlacés au revers dans un étui en chagrin.

91 — Fontaine d'applique et son bassin en cuivre
rouge repoussé à blason et ornements.

92 — Deux plaques rectangulaires en métal représentant en bas-relief le Christ en croix et
saint Jean prêchant.

93 — Lanterne de poche en forme de livre en cuivre
gravé et un bénitier en marqueterie de cuivre
et d'étain.

94 — Deux pièces : la Vierge en buste, émail dans le
genre de Laudin, avec cadre en bronze
découpé et une plaque d'émail représentant
le Christ en croix sur fond vert.

95 — Deux pièces : une boîte oblongue et une salière
en émail de Saxe.

96 — Miroir avec encadrement en bronze doré sur-
monté d'une couronne.

97 — Violon et son archet.

98-99 — Quatorze pièces en verrerie de Bohême :
carafons, huiliers, plateaux, etc.

100 — Deux lampes en faïence moderne de forme cylindrique, montées en bronze.

101 — Lot de bronzes, socles-appliques, etc.

102 — Lot d'étoffes anciennes.

BRONZES

103 — Pendule Louis XVI en bronze doré représentant une offrande à Vénus par l'Amour. Base à pilastres cannelés avec motif de deux colombes et branches de laurier. Socle en bois noir orné d'une frise de rosaces.

104 — Pendule Louis XVI en bronze ciselé et doré et marbre noir. Elle est surmontée du groupe de Vénus et de l'Amour. La base en marbre noir est cintrée sur les côtés et ornée de rinceaux et d'un bas-relief en bronze doré.

105 — Pendule Louis XVI en marbre blanc et bronze doré, modèle à balustres garnis de chaînettes et surmontée d'un vase.

106 — Pendule Louis XVI en bronze doré ornée de deux figures d'amours et surmontée d'un

vase avec guirlandes de fleurs. Socle en
marbre blanc.

107 — Pendule Louis XV en marbre blanc et bronze
doré, représentant une nymphe endormie
sur un rocher, deux colombes sur une
branche d'arbre et un chien. Socle en marbre
griotte avec frise de jeux d'enfants en bronze
doré.

108 — Deux petits bras à deux lumières composés
de bouquets de roses liés par des rubans, en
bronze doré, de style Louis XVI.

109 — Deux flambeaux Louis XIV en bronze gravé
en relief et doré.

110 — Deux paires de petits flambeaux Louis XIV,
en cuivre gravé et doré.

111 — Deux paires de flambeaux de la fin du
xviiie siècle, en cuivre estampé et argenté.

112 — Deux petites branches d'œillets en bronze
doré, dans des petites caisses en porcelaine
de Saxe, montées sur pieds à griffes de lion,
en bronze doré. Socles en marbre bleu
turquin.

113 — Petite statuette de Muse debout, en bronze
doré du xviie siècle, avec socle, en ancienne
porcelaine tendre de Villeroy, décoré de
fleurs.

114 — Statuette de Sapho, en bronze, d'après Pra-
dier.

115 — Coq en bronze.

116 — Divinité indienne, assise sur une chimère en
bronze.

117 — Figure d'applique en bronze : l'Enfant Jésus,
debout, tenant une croix, et une statuette
d'homme sur socle en marbre griotte.

MEUBLES

118 — Commode Louis XV à deux tiroirs, en laque
noir à décor d'or, richement garnie de
chutes de poignées et d'ornements rocaille
en bronze doré. Dessus de marbre brèche.

119 — Bureau à cylindre et à pieds contournés en
bois de rose et marqueterie de bois représentant des paysages. Il est garni de bronze
doré.

120 — Commode Louis XIII à trois rangs de tiroirs, en marqueterie de bois à fleurs, avec poignées en bois et dessus de marbre.

121 — Petite commode à trois tiroirs en bois de rose marqueté, ornée d'une frise de rinceaux en bronze doré.

122 — Cabinet Louis XIII, en ébène plaqué d'écaille rouge et incrusté d'ivoire, avec sa table support à pieds à torsades. La face, ornée de pilastres à chapiteaux de bronze, représente des perroquets et des fleurs. L'intérieur, formant tabernacle, est marqueté à damier et décoré d'une peinture, de colonnettes et de glaces.

123 — Console d'applique Louis XV, en bois sculpté peint en blanc et doré en partie. Dessus de marbre.

124 — Console Louis XV en bois sculpté à ornements rocaille. Dessus de marbre.

125 — Glace dans un cadre Louis XIV à fronton, en bois sculpté et doré.

126 — Baromètre Louis XVI, en bois sculpté et doré.

127 — Deux fauteuils et quatre chaises Louis XVI, en bois laqué en blanc à filets bleus, garnis de soie ancienne brochée à fleurs.

128 — Deux autres fauteuils Louis XVI. Ceux-ci avec pieds à contours.

129 — Deux fauteuils et cinq chaises Louis XVI, en acajou, à dossier à lyre, garnis de velours vert.

130 — Deux fauteuils quadrangulaires du temps de Louis XV, en bois sculpté et laqué.

131 — Trois fauteuils divers Louis XVI et six chaises avec dossier à lyre, garnies de damas.

132 — Table à jouer en marqueterie de bois de thuya et d'amarante, avec incrustations d'ivoire.

133 — Six panneaux en marqueterie de bois du temps de Louis XIII, à bouquets de fleurs, provenant d'une commode.

134 — Lit de style Louis XVI, en chêne sculpté et à colonnettes cannelées.

135 — Toilette en chê e sculpté à consoles, garnie de marbre et d'un miroir.

GRAVURES ET TABLEAUX

136 — Environ cent pièces, gravures de l'École française, en noir et en couleurs : Portraits et vignettes pour illustrations.

137 — Quelques tableaux et panneaux décoratifs.

138 — Feuille d'éventail sur vélin à rinceaux et médaillons.